A mi familia

Arturo y el elefante sin memoria
2017 © Texto e ilustraciones de Maria Girón
Maquetación de Maria Girón

Primera edición en castellano para todo el mundo: noviembre 2017
© Tramuntana Editorial – c/ Cuenca, 35
17220 Sant Feliu de Guíxols (Girona)
www.tramuntanaeditorial.com

ISBN: 978-84-16578-68-9
Depósito legal: GI 1419-2017
Impreso en Eslovenia.

ARTURO y EL ELEFANTE sin MEMORIA

~ MARIA GIRÓN ~

Tramuntana

Arturo paseaba tranquilamente cuando, de repente...

... se encontró
con un elefante
que estaba llorando.

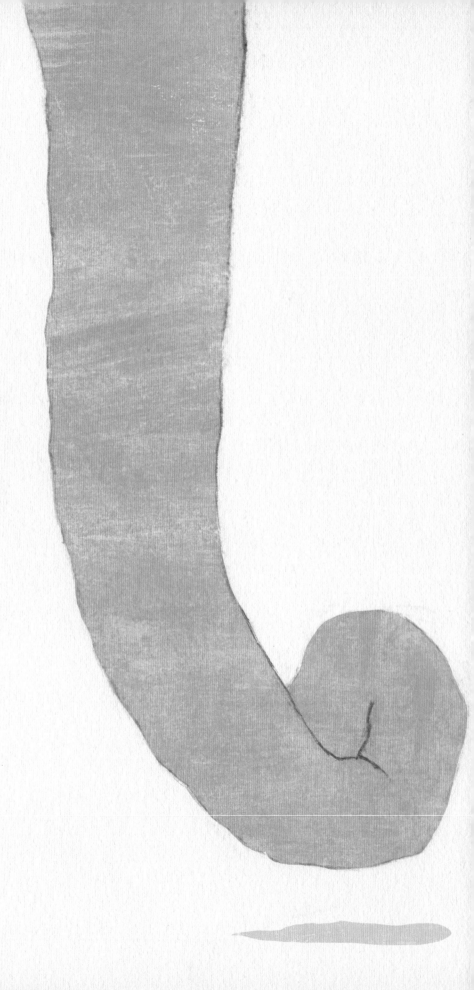

¡Hola, me llamo Arturo!
¿Qué te pasa?

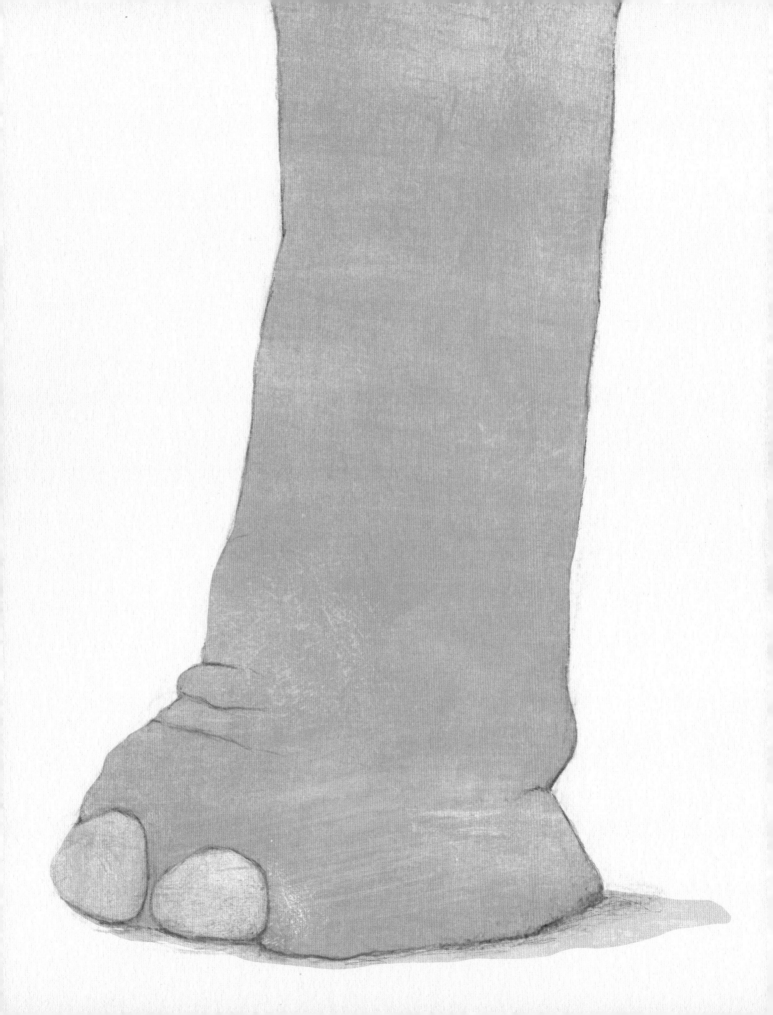

El elefante le contó que tenía un problema muuuuuy grande.

¡No recuerdo nada de nada!
He olvidado TODA mi vida...
No sé ni quién soy,
ni de dónde vengo.

Arturo se quedó pensando. De vez en cuando su memoria también fallaba.

¿Dónde he metido el helicóptero?

Pero lo que olvidaba eran cosillas sin demasiada importancia.

Esto era diferente...
¿Qué pasaría si de repente no recordara
ABSOLUTAMENTE NADA de su vida?

Sin memoria, se sentiría terriblemente triste, espantosamente perdido y... solo, muy solo.

¡Pobre elefante!

¡Espera!
Yo te ayudaré.

¿Sabes qué hago cuando tengo una
palabra en la punta de la lengua
y no hay manera de que me salga?

¿Qué haces?

Pues intento no pensar.
No darle más vueltas.

¿Y te funciona?

Confía en mí.

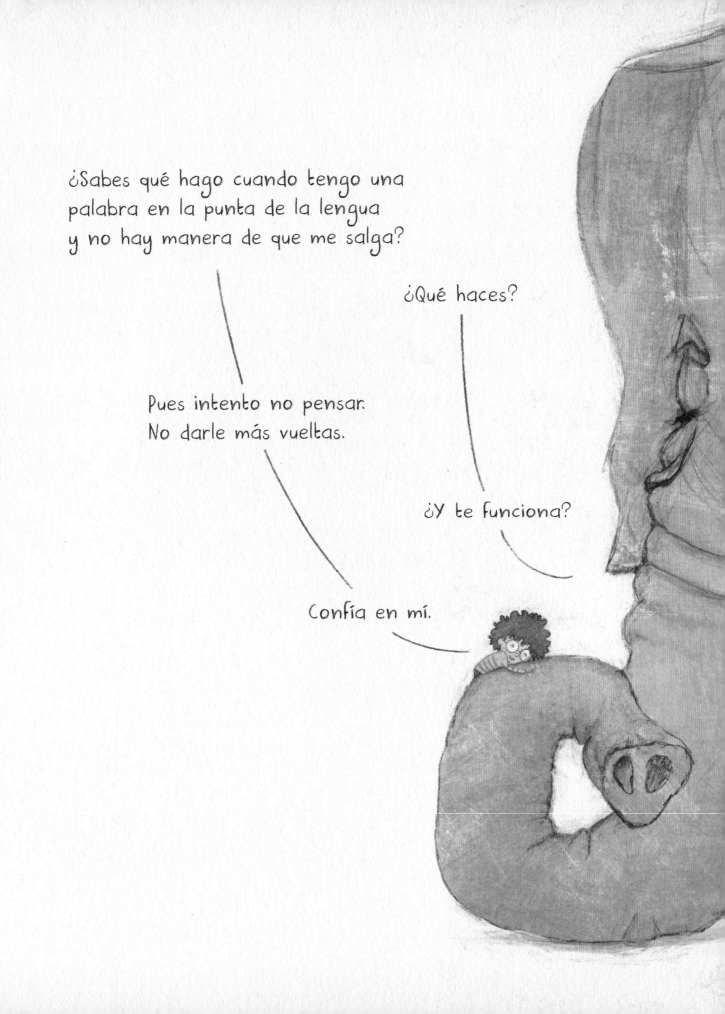

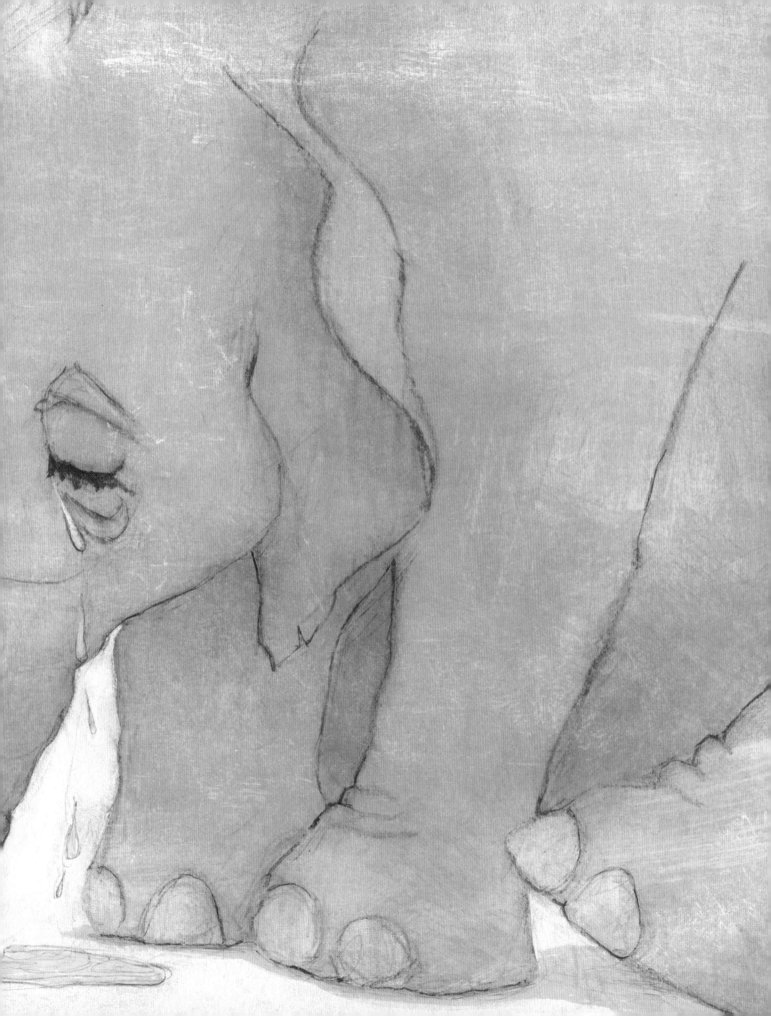

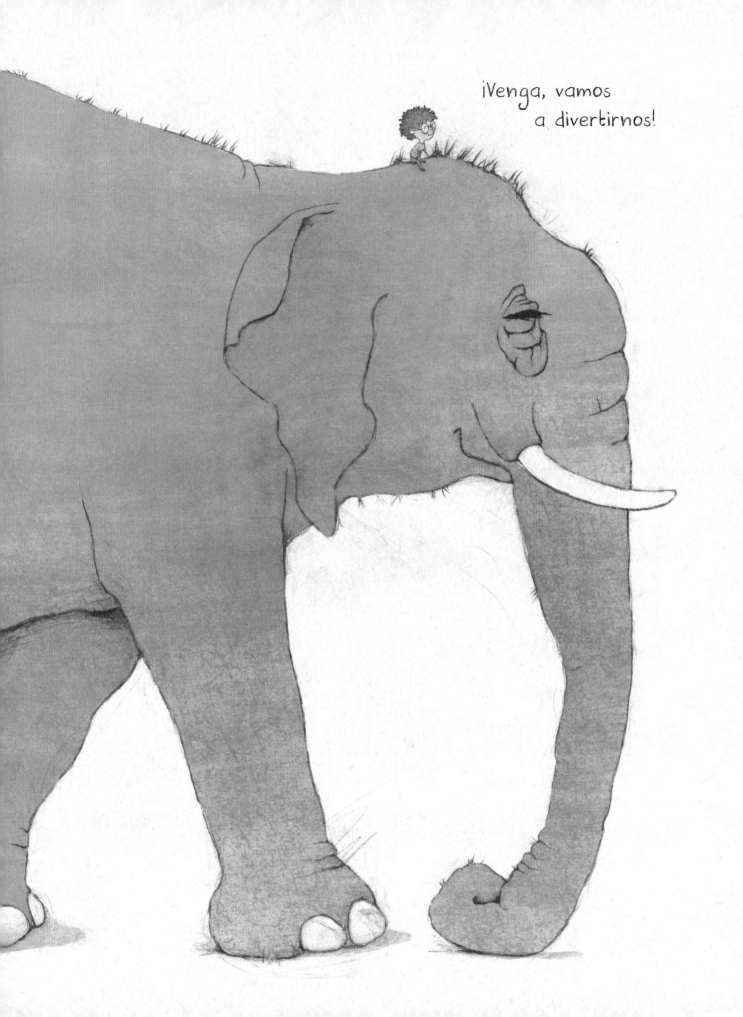

¡Venga, vamos a divertirnos!

Y dicho y hecho, dejaron de preocuparse.
El elefante continuaba sin memoria,
pero Arturo no paraba de hacerle reír.

1, 2, 3...

Durante horas siguieron jugando
y divirtiéndose juntos.

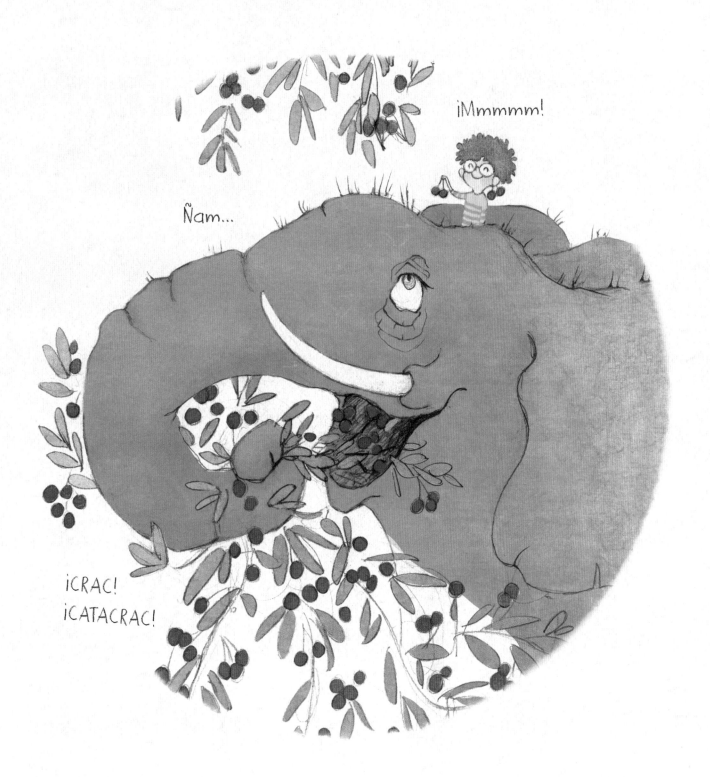

Muy cerca del cerezo, los amigos de Arturo pintaban el suelo con tizas de colores.

El sol empezaba a esconderse
y el cielo se teñía de amarillo.

Y entonces, como por arte de magia, el elefante recordó.

El elefante se llenó de aire los pulmones,
levantó la trompa y soltó un barrito que
sonó como una tormenta de truenos.

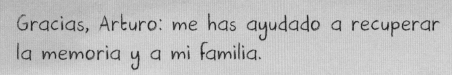

Gracias, Arturo: me has ayudado a recuperar la memoria y a mi familia.

¡Eres un gran amigo!

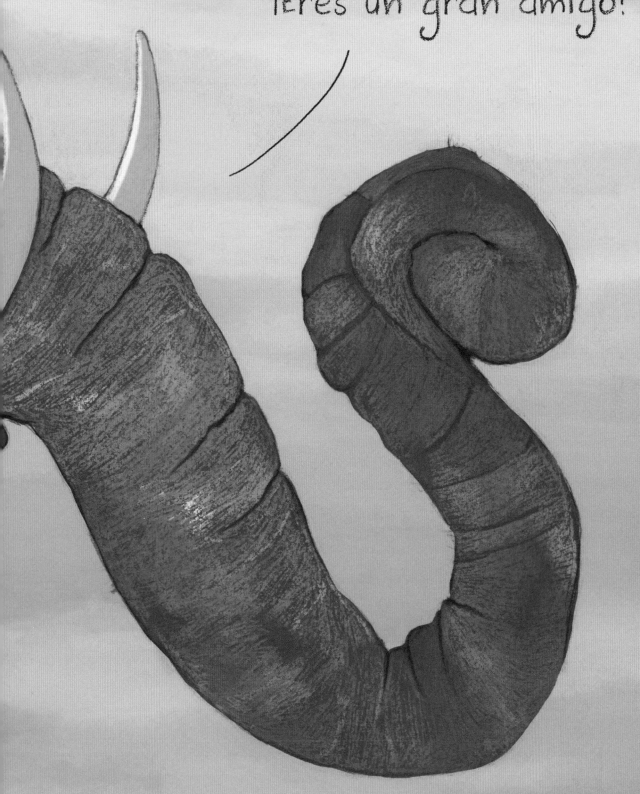